新经典文化股份有限公司
www.readinglife.com
出 品

藏猫猫 藏猫猫

[日] 五味太郎 文·图　　[日] 猿渡静子 译

北京联合出版公司
Beijing United Publishing Co.,Ltd.

"石头剪刀布!你输了!"
小老鼠开始藏猫猫了。

"藏好了吗?""还没有!"
"藏好了吗?"

"好了！藏在这个草堆后面，肯定不会被发现。"

就在这时,草堆说话了:
"嘘——安静!

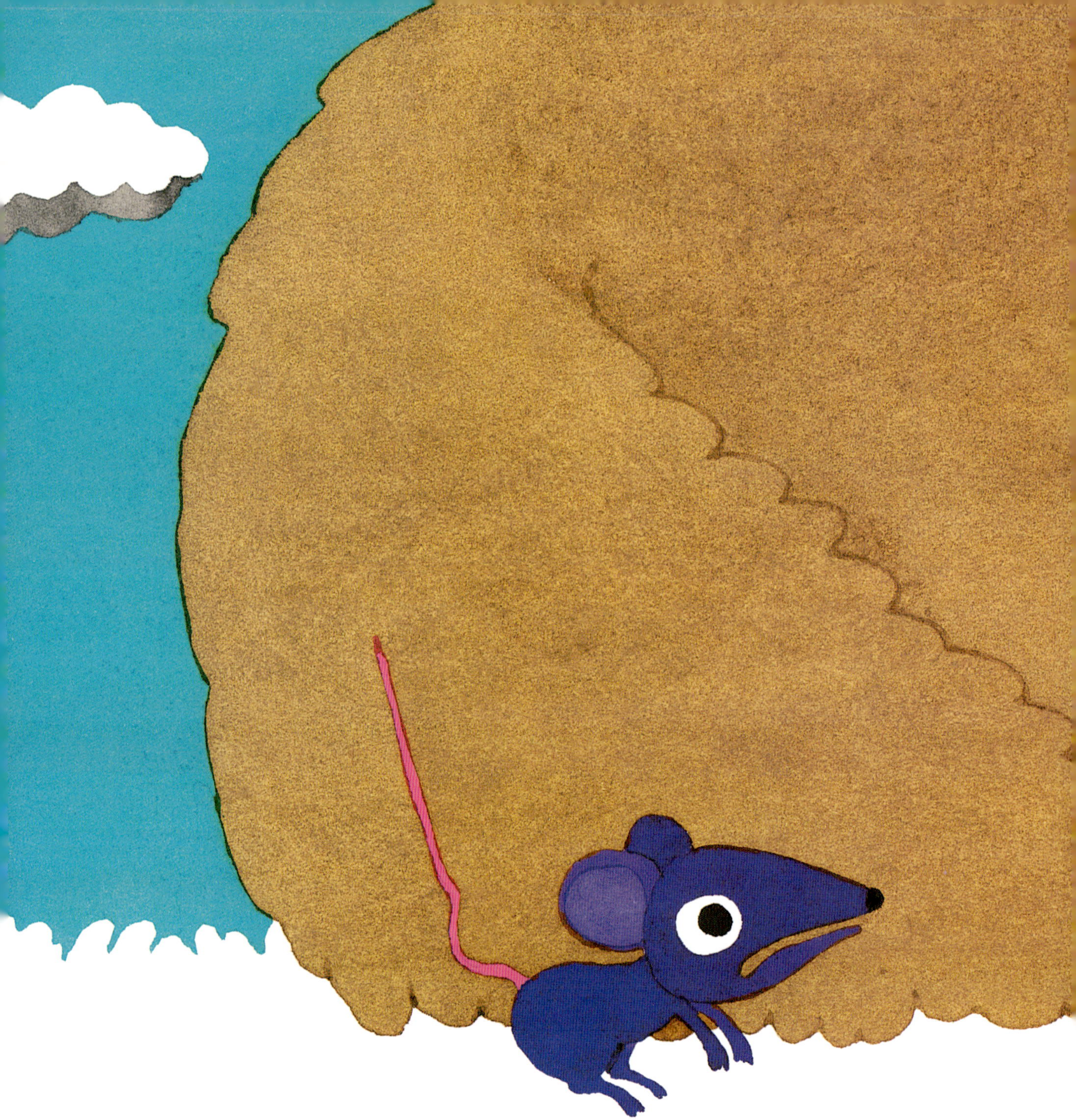

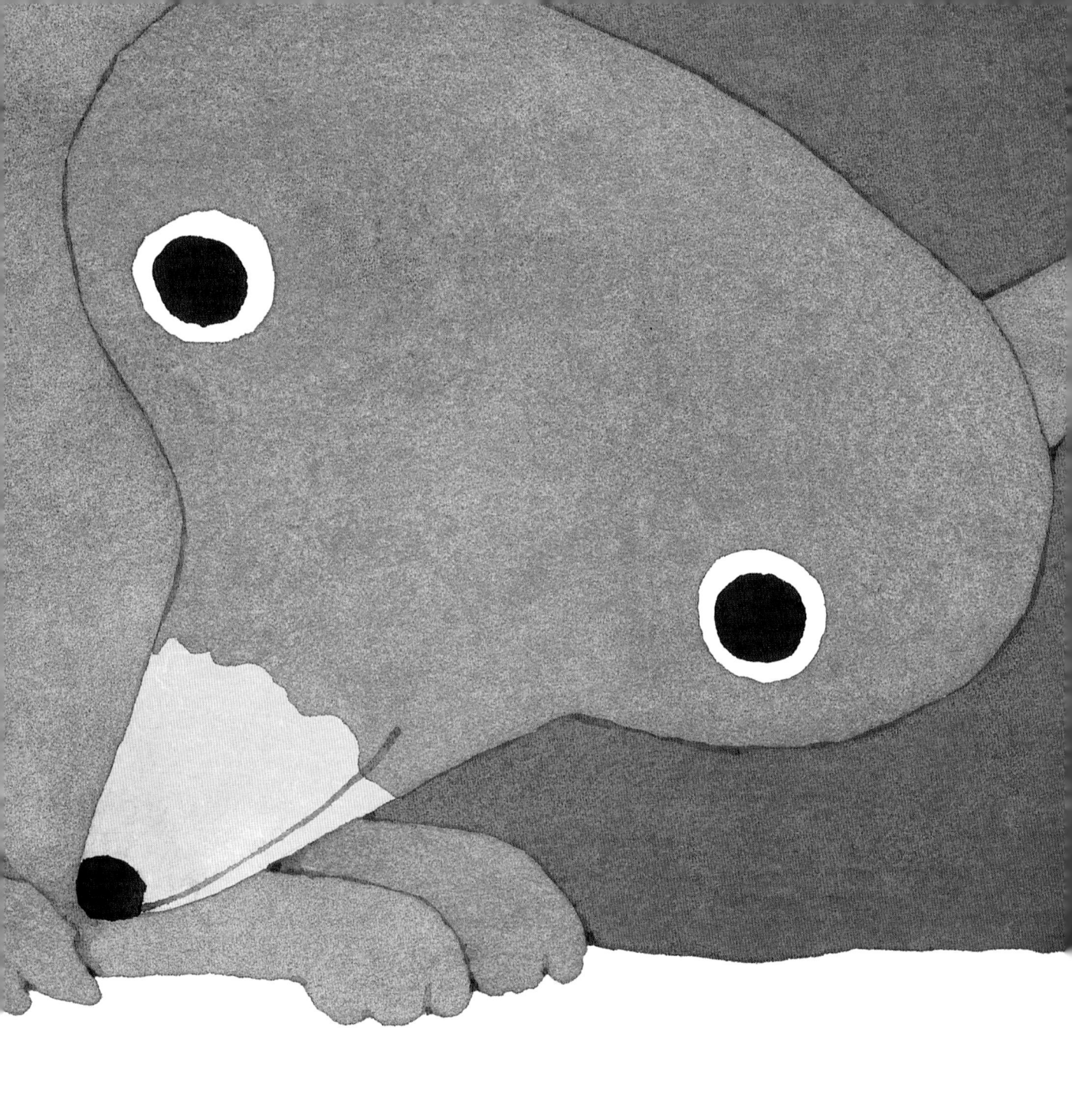

你是在藏猫猫吗?
我也在藏猫猫呢。

藏在这棵大树的后面，肯定不会被发现。"

就在这时,大树说话了:
"嘘——别出声!

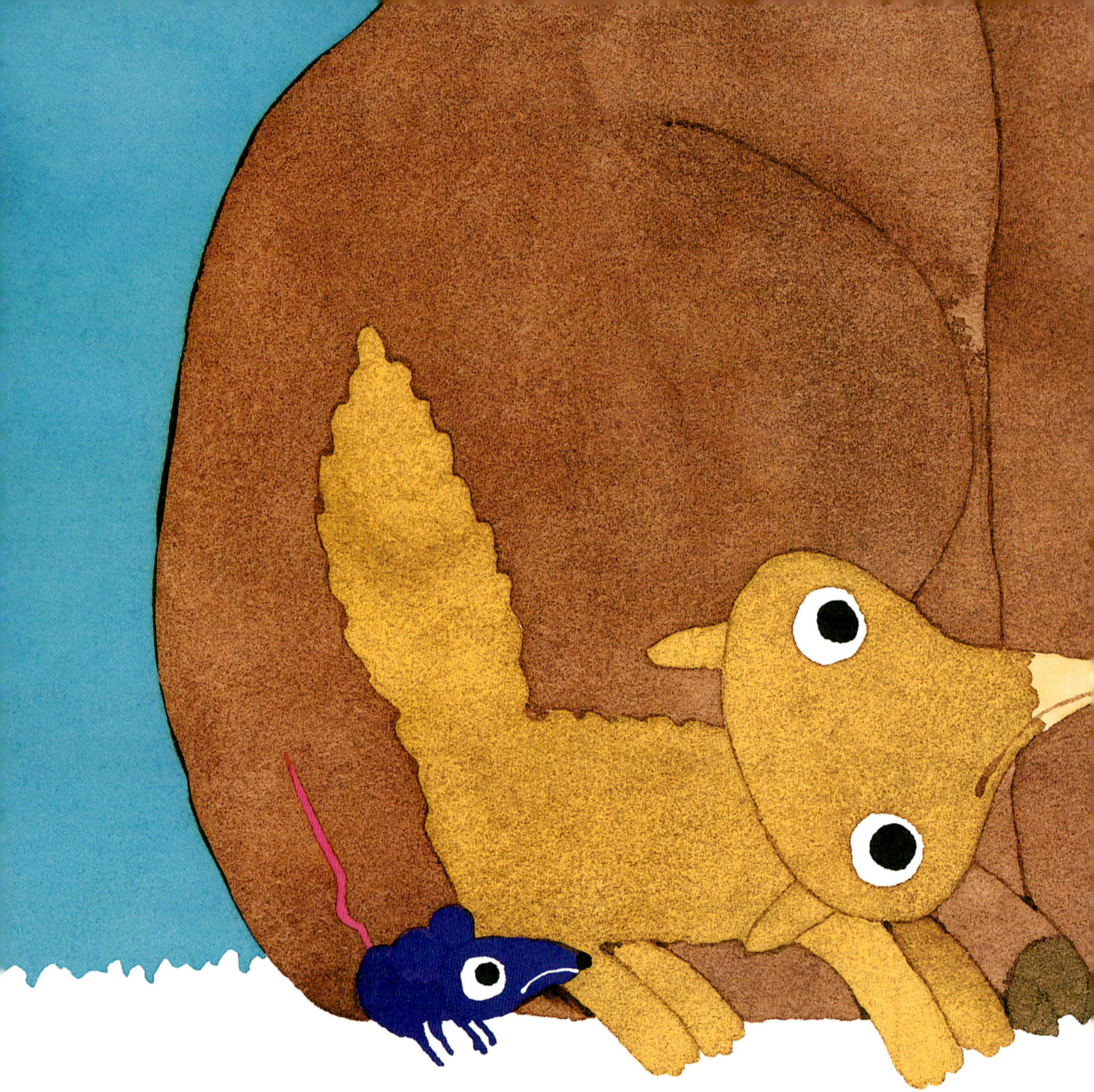

你们是在藏猫猫吗?
我也在藏猫猫呢。

藏在这块大石头后面,肯定不会被发现。"

就在这时,石头说话了:
"别吵!

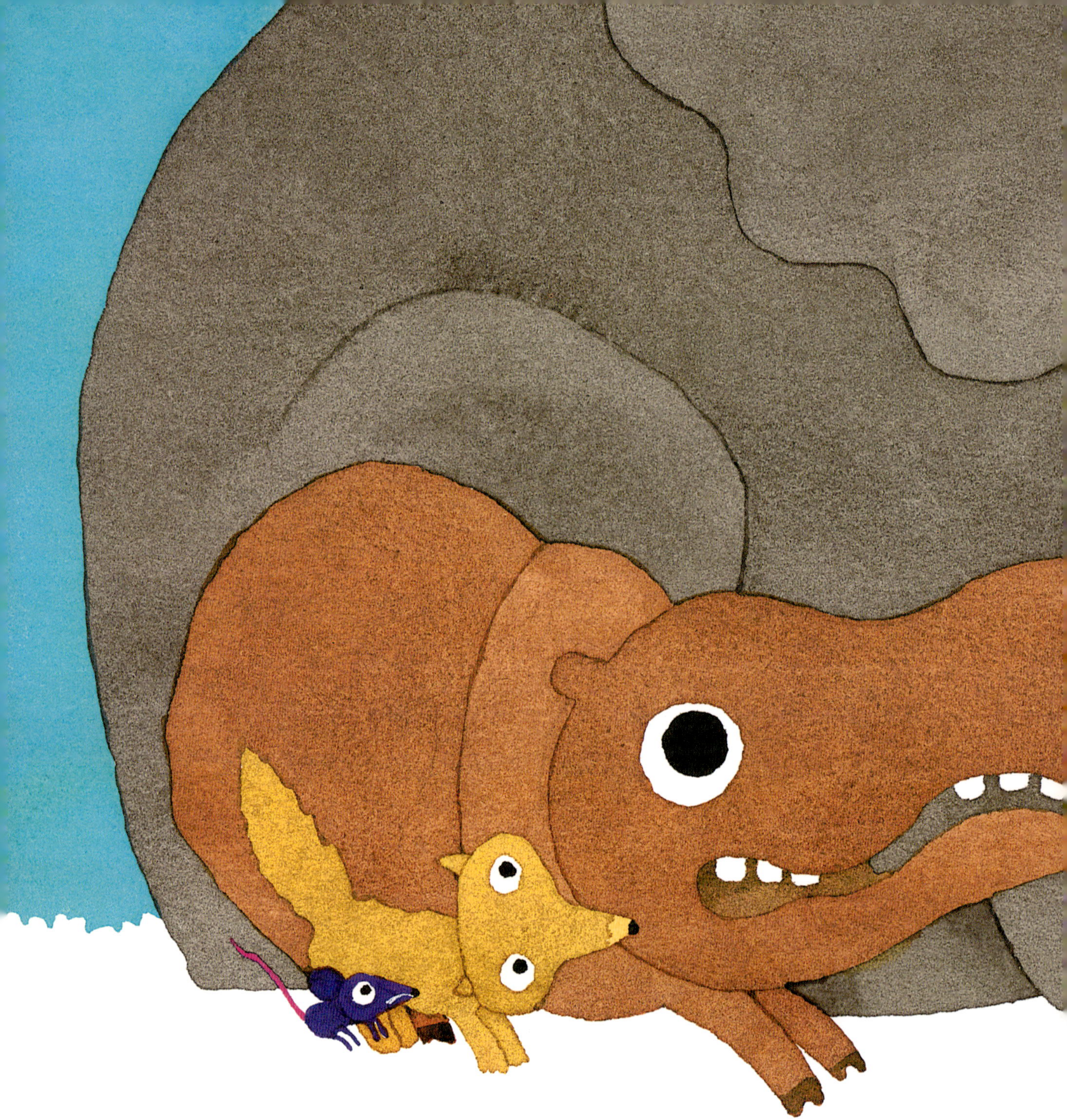

你们都在藏猫猫吗？
我也在藏猫猫呢。

藏在这座大山后面，肯定不会被发现。"

哎？藏到哪儿去了……

藏到哪儿去了……

藏到哪儿去了……

就在这时,一阵风"呼"地吹了过来。

"找到了！"不知从哪儿传来一个响亮的声音。

因为风把云吹走了——

"找到了！找到了！"

因为大山走了——

"找到了！找到了！"

因为石头走了——

"找到了！找到了！"

因为大树走了——

"找到了！找到了！"

因为草堆走了——

小老鼠也大叫:"找到了!找到了!"

"接下来该我找了！"

图书在版编目（CIP）数据

藏猫猫 藏猫猫／（日）五味太郎文图；猿渡静子译．－－ 北京：北京联合出版公司，2018.7（2025.6重印）
ISBN 978-7-5596-1464-3

Ⅰ．①藏… Ⅱ．①五… ②猿… Ⅲ．①儿童故事－图画故事－日本－现代 Ⅳ．① I313.85

中国版本图书馆CIP数据核字（2018）第003964号

著作权合同登记　图字：01-2018-0292号

KAKUREMBO KAKUREMBO
Copyright © 1987 by Taro GOMI
First published in Japan in 1987 by KAISEI-SHA Publishing Co., Ltd.
Simplified Chinese translation rights arranged with KAISEI-SHA Publishing Co., Ltd.
through Japan Foreign-Rights Centre & Bardon-Chinese Media Agency
ALL RIGHTS RESERVED

藏猫猫　藏猫猫
作　　者：[日]五味太郎 文·图
　　　　　[日]猿渡静子 译
责任编辑：熊　娟
特邀编辑：黄　锐
封面设计：徐　蕊
版式设计：田晓波

北京联合出版公司出版
(北京市西城区德外大街83号楼9层　100088)
新经典发行有限公司发行
电话 (010)68423599　邮箱 editor@readinglife.com
北京利丰雅高长城印刷有限公司印刷　新华书店经销
字数4千字　787毫米×1092毫米　1/16　2印张
2018年7月第1版　2025年6月第22次印刷
ISBN 978-7-5596-1464-3
定价：38.00元

版权所有，侵权必究
未经书面许可，不得以任何方式转载、复制、翻印本书部分或全部内容。
本书若有质量问题，请与本公司图书销售中心联系调换。电话：010-68423599